紅樓夢第八十一回

占旺相四美釣游魚　奉嚴詞兩番入家塾

且說迎春歸去之後邢夫人像沒有這事倒是王夫人撫養了一場却甚實傷感在房中自己歎息了一回只見寶玉走來請安看見王夫人臉上似有淚痕也不敢坐只在傍邊站着王夫人叫他坐下寶玉纔捱上炕来就在王夫人身旁坐了王夫人見他呆呆的瞅着似有欲言不言的光景便道你又為什麼這樣呆呆的寶玉道並不為什麼只是昨兒聽見二姐姐這種光景我實在替他受不得雖不敢告訴老太太却這兩夜只是睡不著我想咱們這樣人家的姑娘那裡受得這樣的委屈况且

二姐姐是個最懦弱的人向来不會和人拌嘴偏偏兒的遇見這樣沒人心的東西竟一點兒不知道女人的苦處說着幾乎滴下淚来王夫人道這也是沒法兒的事俗語說的嫁出去的女孩兒潑出去的水叫我能怎麼樣呢寶玉道我昨兒夜裡倒想了一個主意咱們索性回明了老太太把二姐姐接回来還叫他紫菱洲住着仍舊我們姐妹弟兄們一塊兒吃一塊兒頑省得受孫家那混賬行子的氣等他来接偺們硬不叫他去由他接一百回咱們留一百回只說是老太太的主意這個豈不好呢王夫人聽了又好笑又好惱說道你又發了獃氣了混說的是什麼大凡做了女孩兒終久是要出門子的嫁到人家去

娘家那裡顧得也只好看他自已的命運碰得好就好碰得不好也就没法兒你難道没聽見人說嫁雞隨雞嫁狗隨狗那裡個個都像你大姐姐做娘娘呢况且你二姐姐是新媳婦孫姑爺也還是年輕的人各人有各人的脾氣新來乍到自然要有些扭别的過几年大家摸着脚氣兒生兒長女以後那就好了你斷斷不許在老太太跟前說起半個字我知道了是不依你的快去幹你的去罷不要在這裡混說寶玉也不敢作聲坐了一回無精打彩的出來了憋着一肚子悶氣無處可泄走到園中一逕往瀟湘館來剛進了門便放聲大哭起來黛玉正在梳洗纔畢見寶玉這個光景倒嚇了一跳問是怎麽了合誰

慪了氣了連問几聲寶玉低着頭伏在棹子上嗚嗚咽咽哭的說不出話來黛玉便在椅子上怔怔的瞅着他一會子問道到底是别人合你慪了氣了還是我得罪了你呢寶玉搖手道都不是都不是黛玉道那麽着爲什麽這麽傷起心來寶玉道我只想着偺們大家越早些死的越好活着真真没有趣兒黛玉聽了這話更覺驚訝道這是什麽話你真正發了瘋了不成寶玉道也並不是我發瘋我告訴你你也不能不傷心前兒二姐姐回來的樣子和那些話你也都聽見看見了我想人到了大的時候爲什麽要嫁嫁出去受人家這般苦楚還記得偺們初結海棠社的時候大家吟詩做東道那時候何等熱鬧如今寶

姐姐家去了連香菱也不能過來二姐姐又出了門子了几個知心知意的人都不在一處弄得這樣光景我原打算去告訴老太太接二姐姐回來誰知太太不依倒說我獃混說我又不敢言語這不多几時你瞧瞧園中光景已經大變了若再過几年又不知怎麽樣了故此越想不由人不心裡難受起來黛玉聽了這番言語把頭漸漸的低了下去身子漸漸的退至炕上一言不發嘆了口氣便向裡躺下去了紫鵑剛拿進茶來見他兩個這樣正在納悶只見襲人來了進來看見寶玉便道二爺在這裡呢麽老太太那裡叫呢我估量着二爺就是在這裡黛玉聽見是襲人便欠身起來讓坐黛玉的兩個眼圈兒已經哭

的通紅了寶玉看見道妹妹我剛纔說的不過是些獃話你也不用傷心你要想我的話時身子更要保重纔好你歇歇兒罷老太太那邊叫我我看看去就來說着往外走了襲人悄問黛玉道你兩個人又為什麽黛玉道他為他二姐姐傷心我是剛纔眼睛發癢揉的並不為什麽襲人也不言語忙跟了寶玉出來各自散了寶玉來到賈母那邊賈母却已經歇晌只得回到怡紅院到了午後寶玉睡了中覺起來甚覺無聊隨手拿了一本書看襲人見他看書忙去沏茶伺候誰知寶玉拿的那本書却是古樂府隨手翻來正看見曹孟德對酒當歌人生几何一首不覺刺心因放下這一本又拿一本看時却是晉文翻了幾

頁忽然把書掩上托着腮只管痴癡的坐着襲人倒了茶來見他這般光景便道你爲什麽又不看了寶玉也不答言接過茶來喝了一口便放下了襲人一時摸不着頭腦也只管站在傍邊默默的看着他忽見寶玉站起来嘴裡咕咕噥噥的說道好一個放浪形骸之外襲人聽了又好笑又不敢問他只得勸道你若不愛看這些書不如還到園裡逛逛也省得悶出毛病来那寶玉只管口中答應只管出着神往外走了一時走到沁芳亭但見蕭踈景象人去房空又来至蘅蕪院更是香草依然門窗掩閉轉過藕香榭來遠遠的只見幾個人在蓼溆一帶闌干上靠着有幾個小丫頭蹲在地下找東西寶玉輕輕的走在假山背後聽着只聽一個說道看他洑上來不洑上來好似李紋的語音一個笑道好下去了我知道他不上來的這個却是探春的聲音一個又道是了姐姐你別動只管等着他橫豎上來一個又說上來了這兩個是李綺邢岫烟的聲兒寶玉忍不住拾了一塊小磚頭兒往那水裡一撂咕咚一聲四個人都嚇了一跳驚訝道這是誰這麽促狹唬了我們一跳寶玉笑着從山子後直跳出來笑道你們好樂啊怎麽不叫我一聲兒探春道我就知道再不是別人必是二哥哥這樣淘氣沒什麽說的你好好兒的賠我們的魚罷剛纔一個魚上來剛剛兒的要釣着叫你唬跑了寶玉笑道你們在這裡頑竟不找我我還要罰你

們呢大家笑了一回寶玉道偺們大家今兒釣魚占占誰的運氣好看誰釣得着就是他今年的運氣好釣不着就是他今年運氣不好偺們誰先釣探春便讓李紋李紋不肯探春笑道這樣就是我先釣回頭向寶玉說道二哥哥你再赶走了我的魚我可不依了寶玉道頭裡原是我要唬你們頑這會子你只管釣罷探春把絲繩拋下沒十來句話的工夫就有一個楊葉竄兒吞着鉤子把漂兒墜下去探春把竿一挑往地下一撩却是活迸的侍書在滿地上亂抓兩手捧着擱在小磁罈內清水養着探春把釣竿遞與李紋李紋也把釣竿垂下但覺絲兒一動忙挑起來却是個空鉤子又垂下去半晌鉤絲一動又挑起來

還是空鉤子李紋把那鉤子拿上來一瞧原來往裡鉤了李紋笑道怪不得釣不着忙叫素雲把鉤子敲好了換上新虫子上邊貼好了葦片兒垂下去一會兒見葦片直沉下去急忙提起來倒是一個二寸長的鯽瓜兒李紋笑着道寶哥哥釣罷寶玉道索性三妹妹合邢妹妹釣了我再釣岫烟却不答言只見李綺道寶哥哥先釣罷說着水面上起了一個泡兒探春道不必儘着讓了你看那魚都在三妹妹那邊呢還是三妹妹快着釣罷李綺笑着接了釣竿兒果然沉下去就釣了一個然後岫烟也釣着了一個隨將竿子仍舊遞給探春探春纔遞與寶玉寶玉道我是要做姜太公的便走下石磯坐在池邊釣起來豈知

那水裡的魚看見人影兒都躲到別處去了寶玉掄着釣竿等了半天那釣絲兒動也不動剛有一個魚兒在水邊吐沫寶玉把竿子一幌又唬走了急的寶玉道我最是個性兒急的人他偏性兒慢這可怎麼樣呢好魚兒快來罷你也成全成全我呢說得四人都笑了一言未了只見釣絲微微一動寶玉喜得滿懷用力往上一兜把釣竿往石上一碰折作兩段絲也振斷了鈎子也不知往那裡去了衆人越發笑起来探春道再沒見像你這樣鹵人正說着只見麝月慌慌張張的跑來說二爺老太太醒了叫你快去呢五個人都唬了一跳探春便問麝月道老太太叫二爺什麼事麝月道我也不知道就只聽見說是什麼

鬧破了叫寶玉来問還要叫璉二奶奶一塊兒查問呢嚇得寶玉發了一回獃說道不知又是那個了頭遭了瘟了探春道不知什麼事二哥哥你快去有什麼信兒先叫麝月來告訴我們一聲兒說着便同李紋李綺岫烟走了寶玉走到賈母房中只見王夫人陪着賈母摸牌寶玉看見無事纔把心放下了一半賈母見他進來便問道你前年那一次大病的時候後來虧了一個瘋和尚和個瘸道士治好了的那會子病裡你覺得是怎麼樣寶玉想了一回道我記得得病的時候兒好好的站着倒像背地裡有人把我攔頭一棍疼的眼睛前頭漆黑看見滿屋子裡都是些青面獠牙拿刀舉棒的惡鬼躺在炕上覺着腦袋

上加了几個腦箍是的已後便疼的任什麽不知道了到好的時候又記得堂屋裡一片金光直照到我房裡來那些鬼都跑着躱避便不見了我的頭也不疼了心上也就清楚了賈母告訴王夫人道這個様兒也就差不多了說着鳳姐也進來了見了賈母又回身見過了王夫人說道老祖宗要問我什麽賈母道你前年害了邪病你還記得怎麽樣鳳姐兒笑道我也全不記得但覺自已身子不由自主倒像有些鬼怪拉拉扯扯要我殺人纔好有什麽拿什麽見什麽殺什麽自已原覺很乏只是不能住手賈母道好的時候還記得麽鳳姐道好的時候好像空中有人說了几句話是的却不記得說什麽來着賈母道這麽看起來竟是他了他姐兒兩個病中的光景合纔說的一樣這老東西竟這樣壞心寶玉枉認了他做乾媽倒是這個和尚道人阿彌陀佛纔是救寶玉性命的只是沒有報答他鳳姐道怎麽老太太想起我們的病來呢賈母道你問你太太去我懶待說王夫人道纔剛老爺進來說起寶玉的乾媽竟是個混賬東西邪魔外道的如今鬧破了被錦衣府拿住送入刑部監要問死罪的了前几天被人告發的那個人叫做什麽潘三保有一所房子賣與斜對過當舖裡這房子加了几倍價錢潘三保還要加當舖裡那裏還肯潘三保更買囑了這老東西因他常到當舖裡去那當舖裡人的内眷都與他好的他就使了個法

兒叫人家的內人便得了邪病家翻宅亂起來他又去說這個病他能治就用些神馬紙錢燒獻了果然見效他又向人家內眷們要了十几兩銀子豈知老佛爺有眼應該敗露了這一天急要回去掉了一個絹包兒當鋪裡人撿起來一看裡頭有許多紙人還有四丸子狠香的香正詫異着呢那老東西倒回來找這絹包兒這裡的人就把他拿住身邊一搜搜出一個匣子裡面有象牙刻的一男一女不穿衣服光着身子的兩個魔王還有七根硃紅繡花針立時送到錦衣府去問出許多官員家大戶太太姑娘們的隱情事來所以知會了營裡把他家中一抄抄出好些泥塑的煞神几匣子鬧香炕背後空屋子裡掛着一盞七星燈燈下有几個草人有頭上戴着腦箍的有胸前穿着釘子的有項上拴着鎖子的櫃子裡無數紙人兒底下几篇小賬上面記著某家驗過應找銀若干得人家油錢香分也不計其數鳳姐道偺們的病一準是他我記得偺們病後那老妖精向趙姨媽處來過几次要向趙姨媽討銀子見了我便臉上變貌變色的兩眼黧雞是的我當初還猜疑了几遍總不知什麼原故如今說起來那原來都是有因的但只我在這裡當家自然惹人恨怨怪不得人治我寶玉可合人有什麼讐呢忍得下這樣毒手賈母道焉知不因我疼寶玉不疼環兒竟給你們種了毒了呢王夫人道這老貨已經問了罪決不好叫他來對証

没有對証趙姨娘那裡肯認賬事情又大鬧出來外面也不雅等他自作自受少不得要自已敗露的賈母道你這話說的也是這樣事没有對証也難作準只是佛爺菩薩看的真他們姐兒兩個如今又比誰不濟了呢罷了過去的事鳳哥兒也不必提了今日你合你太太都在我這邊吃了晚飯再過去罷遂叫鴛鴦琥珀等傳飯鳳姐赶忙笑道怎麽老祖宗倒操起心來王夫人也笑了只見外頭幾個媳婦伺候鳳姐連忙告訴小丫頭子傳飯我合太太都跟着老太太吃正說着只見玉釧兒走來對王夫人道老爺要找一件什麽東西請太太伺候了老太太的飯完了自已去找一找呢賈母道你去罷保不住你老爺有

要緊的事王夫人答應着便留下鳳姐兒伺候自已退了出来回至房中合賈政說了些閒話把東西找了出來賈政便問道迎兒已經回去了他在孫家怎麽樣王夫人道迎丫頭一肚子眼淚說孫姑爺兇横的了不得因把迎春的話述了一遍賈政嘆道我原知不是對頭無奈大老爺已說定了教我也没法不過迎丫頭受些委屈罷了王夫人道這還是新媳婦只指望他已後好了好說着噯的一笑賈政道笑什麽王夫人道我笑寶玉今兒早起特特的到這屋裡來說的都是些孩子話賈政道他說什麽王夫人把寶玉的言語笑述了一遍賈政也忍不住的笑因又說道你提寶玉我正想起一件事来這小孩子天天

放在園裡也不是事生女兒不得濟還是別人家的人生兒若不濟事關係非淺前日倒有人和我提起一位先生来學問人品都是極好的也是南邊人但我想南邊先生性情最是和平偺們城裡的孩子個個踢天弄井鬼聰明倒是有的可以搪塞就搪塞過去了胆子又大先生再要不肯給沒臉一日哄哥兒是的沒的白躭悞了所以老輩子不肯請外頭的先生只在本家擇出有年紀再有點學問的請来掌家塾如今儒大太爺雖學問也只中平但還彈壓的住這些小孩子們不至以顢頇了事我想寶玉閒着總不好不如仍舊叫他家塾中讀書去罷了王夫人道老爺說的狠是自從老爺外任去了他又常病竟躭

擱了好几年如今且在家學裡温習温習也是好的賈政點頭又說些閒話不題且說寶玉次日起來梳洗已畢早有小厮們傳進話來說老爺叫二爺說話寶玉忙整理了衣服來至賈政書房中請了安站着賈政道你近來作些什麼功課雖有幾篇字也算不得什麼我看你近来的光景越發比頭几年散蕩了況且每每聽見你推病不肯念書如今可大好了我還聽見你天天在園子裡和姊妹們頑頑笑笑甚至和那些丫頭們混鬧把自已的正經事總丟在腦袋後頭就是做得幾句詩詞也並不怎麼樣有什麼稀罕處比如應試選舉到底以文章為主你這上頭倒沒有一點兒工夫我可囑咐你自今日起再不許做

詩做對的了單要習學八股文章限你一年若毫無長進你也不用念書了我也不願有你這樣的兒子了遂叫李貴來說明兒一早傳焙茗跟了寶玉去收拾應念的書籍一齊拿過來我看看親自送他到家學裡去喝命寶玉去罷明日起早來見我寶玉聽了半日竟無一言可答因囬到怡紅院來襲人正在着急聽信見說取書倒也歡喜獨是寶玉要人即刻送信與賈母欲叫攔阻賈母得信便命人叫過寶玉來告訴他說只管放心先去別叫你老子生氣有什麼難為你有我呢寶玉沒法只得囬來囑咐了丫頭們明日早早叫我老爺要等着送我到家學裡去呢襲人等答應了同麝月兩個倒替着醒了一夜次日一

早襲人便叫醒寶玉梳洗了換了衣服打發小丫頭子傳了焙茗在二門上伺候拿着書籍等物襲人又催了兩遍寶玉只得出來過賈政書房中來先打聽老爺過來了沒有書房中小厮答應方纔一位清客相公請老爺囬話裡邊說梳洗呢命清客相公出去候着去了寶玉聽了心裡稍稍安頓連忙到賈政這邊來恰好賈政着人來叫寶玉便跟着進去賈政不免又囑咐幾句話帶了寶玉上了車焙茗拿着書籍一直到家塾中來早有人先搶一步囬代儒說老爺來了代儒站起身來賈政早已走入向代儒請了安代儒拉着手問了好又問老太太近日安麼寶玉過來也請了安賈政站著請代儒坐了然後坐下賈政

道我今日自己送他來因要求托一番這孩子年紀也不小了到底要學個成人的舉業纔是終身立身成名之事如今他在家中只是和些孩子們混鬧雖懂得幾句詩詞也是胡謅亂道的就是好了也不過是風雲月露與一生的正事毫無關涉代儒道我看他相貌也還體面靈性也還去得爲什麽不念書只是心野貪頑詩詞一道不是學不得的只要發達了已後再學還不遲呢賈政道原是如此目今只求叫他讀書講書作文章倘或不聽教訓還求太爺認真的管教管教他纔不至有名無實的白躭悞了他的一世說畢站起來又作了一個揖然後說了些閒話纔辭了出去代儒送至門首說老太太前替我問好

請安罷賈政答應着自己上車去了代儒回身進來看見寶玉在西南角靠窗戶擺着一張花梨小棹右邊堆下兩套舊書薄薄兒的一本文章叫焙茗將紙墨筆硯都擱在抽屜裡藏着代儒道寶玉我聽見說你前兒有病如今可大好了寶玉站起來道大好了代儒道如今論起來你可也該用功了你父親望你成人懇切的狠你且把從前念過的書打頭兒理一遍每日早起理書飯後寫字晌午講書念幾遍文章就是了寶玉答應了個是回身坐下時不免四面一看見昔時金榮輩不見了幾個又添了幾個小學生都是些粗俗異常的忽然想起秦鐘來如今沒有一個做得伴說句知心話兒的心上凄然不樂却不敢

作聲只是悶着看書代儒告訴寶玉道今日頭一天早些放你家去罷明日要講書了但是你又不是狠愚夯的明日我倒要你先講一兩章書我聽試試你近来的工課何如我纔曉得你到怎麽個分兒上頭說得寶玉心中亂跳欲知明日聽解何如且聽下回分解

紅樓夢第八十一回終

紅樓夢第八十二回

老學究講義警頑心　病瀟湘痴魂驚惡夢

話說寶玉下學囘来見了賈母賈母笑道好了如今野馬上了籠頭了去罷見見你老爺囘来散散兒去罷寶玉答應着去見賈政賈政道這早晚就下了學了麽師父給你定了工課沒有寶玉道定了早起理書飯後寫字晌午講書念文章賈政聽了點點頭兒因道去罷還到老太太那邊陪着坐坐去你也該學些人功道理別一味的貪頑晚上早些睡天天上學早些起来你聽見了寶玉連忙答應幾個是退出来忙忙又去見王夫人又到賈母那邊打了個照面兒赶着出來恨不得一走就走到瀟湘館纔好剛進門口便拍着手笑道我依舊囘来了猛可裡倒唬了黛玉一跳紫鵑打起簾子寶玉進来坐下黛玉道我恍惚聽見你念書去了這麽早就囘來了寶玉道嗳呀了不得我今兒不是被老爺叫了念書去了麽心上倒像沒有和你們見面的日子了好容易熬了一天這會子瞧見你們竟如死而復生的一樣眞眞古人說一日三秋這話再不錯的黛玉道你上頭去過了沒有寶玉道都去過了黛玉道別處呢寶玉道沒有黛玉道你也該瞧瞧他們去寶玉道我這會子懶待動了只和妹妹坐着說一會子話兒罷老爺還叫早睡早起只好明兒再瞧他們去了黛玉道你坐坐兒可是正該歇歇兒去了寶玉道

我那裡是乏只是悶得慌這會子偺們坐着纔把悶散了你又催起我來黛玉微微的一笑因叫紫鵑把我的龍井茶給二爺沏一碗二爺如今念書了比不的頭裡紫鵑笑着答應去拿茶葉叫小丫頭子沏茶寶玉接着說道還提什麼念書我最厭這些道學話更可笑的是八股文章拿他誆功名混飯吃也罷了還要說代聖賢立言好些的不過拿些經書湊搭湊搭還罷了更有一種可笑的肚子裡原沒有什麼東拉西扯弄的牛鬼蛇神還自以爲博奥這那裡是闡發聖賢的道理目下老爺口口聲聲叫我學這個我又不敢違拗你這會子還提念書呢黛玉道我們女孩兒家雖然不要這個但小時跟着你們雨村先生

念書也曾看過內中也有近情近理的也有淸微淡遠的那時候雖不大懂也覺得好不可一槩抹倒況且你要取功名這個也淸貴些寶玉聽到這裡覺得不甚入耳因想黛玉從來不是這樣人怎麼也這樣勢慾薰心起來又不敢在他跟前駁回只在鼻子眼裡笑了一聲正說着忽聽外面兩個人說話却是秋紋和紫鵑只聽秋紋道襲人姐姐叫我老太太那裡接去誰知却在這裡紫鵑道我們這裡纔沏了茶索性讓他喝了再去說着二人一齊進來寶玉和秋紋笑道我就過去又勞動你來找秋紋未及答言只見紫鵑道你快喝了茶去罷人家都想了一天了秋紋啐道呸好混賬丫頭說的大家都笑了寶玉起身纔

辭了出來黛玉送到屋門口兒紫鵑在抬堦下站着寶玉出去纔回房裡來却說寶玉回到怡紅院中進了屋子只見襲人從裡間迎出來便問回來了麽秋紋應道二爺早來了在林姑娘那邊來着寶玉道今日有事沒有襲人道事却沒有方纔太太叫鴛鴦姐姐來吩咐我們如今老爺發狠叫你念書如有了鬟們再敢和你頑笑都要照着晴雯司棋的例辦我想伏侍你一塲賺了這些言語也沒什麽趣兒說着便傷起心來寶玉忙道好姐姐你放心我只好生念書太太再不說你們了我今兒晚上還要看書明日師父叫我講書呢我要使喚橫豎有麝月秋紋呢你歇歇去罷襲人道你要真肯念書我們伏侍你也是歡

喜的寶玉聽得了赶忙吃了晚飯就叫點燈把念過的四書翻出來只是從何處看起翻了一本看去章章裡頭似乎明白細按起來却不很明白看着小註又看講章鬧到梆子下來了自已想道我在詩詞上覺得很容易在這個上頭竟沒頭腦便坐着呆呆的獃想襲人道歇歇罷做工夫也不在這一時的寶玉嘴裡只管胡亂答應麝月襲人纔伏侍他睡下兩個纔也睡了及至睡醒一覺聽得寶玉炕上還是翻來覆去襲人道你還醒着呢麽你倒別混想了養養神明兒好念書寶玉道我也是這樣想只是睡不着你來給我揭去一層被襲人道天氣不熱別揭罷寶玉道我心裡煩躁的很自把被窩褪下來襲人忙爬起

來摸住把手去他頭上一摸覺得微微有些發燒襲人道你別動了有些發燒了寶玉道可不是襲人道這是怎麼說呢寶玉道不怕是我心煩的原故你別吵嚷省得老爺知道了必說我裝病逃學不然怎麼病的這樣巧明兒好了原到學裡去就完事了襲人也覺得可憐說道我靠着你睡罷便和寶玉搥了一回脊梁不知不覺大家都睡着了直到紅日高升方纔起來寶玉道不好了晚了急忙梳洗畢問了安就往學裡來了代儒已經變着臉說怪不得你老爺生氣說你沒出息第二天你就懶惰這是什麼時候纔來寶玉把昨兒發燒的話說了一遍方過去了原舊念書到了下晚代儒道寶玉有一章書你來講講寶玉過來一看却是後生可畏章寶玉心上說這還好幸虧不是學庸問道怎麼講呢代儒道你把節旨句子細細兒講來寶玉把這章先朗朗的念了一遍說這章書是聖人勉勵後生教他及時努力不要弄到說到這裡抬頭向代儒一瞧代儒覺得了笑了一笑道你只管說講書是沒有什麼避忌的禮記上說臨文不諱只管說不要弄到什麼寶玉道不要弄到老大無成先將可畏二字激發後生的志氣後把不足畏二字警惕後生的將來說罷看着代儒代儒道也還罷了串講呢寶玉道聖人說人生少時心思才力樣樣聰明能幹實在是可怕的那裡料得定他後來的日子不像我的今日若是悠悠忽忽到了四十歲

又到五十歲既不能彀發達這種人雖是他後生時像個有用的到了那個時候這一輩子就沒有人怕他了代儒笑道你方纔節旨講的倒淸楚只是句子裡有些孩子氣無聞二字不是不能發積做官的話聞是寔在自己能彀明理見道就不做官也是有聞了不然古聖賢有遯世不見知的豈不是不做官的人難道也是無聞麼不足畏是使人料得定方與焉知的知字對針不是怕的字眼要從這裡看出方能入細你懂得不懂得寶玉道懂得了代儒道還有一章你也講一講代儒往前揭了一篇指給寶玉寶玉看是吾未見好德如好色者也寶玉覺得這一章却有些刺心便陪笑道這句話沒有什麼講頭代儒道

胡說譬如場中出了這個題目也說沒有做頭麼寶玉不得已講道是聖人看見人不肯好德見了色便好的了不得殊不想德是性中本有的東西人偏都不肯好他至於那個色呢雖也是從先天中帶來無人不好的但是德乃天理色是人慾人那裡肯把天理好的像人慾是的孔子雖是嘆息的話又是望人回轉來的意思并且見得人就有好德的好得終是浮淺直要像色一樣的好起來那纔是真好呢代儒道這也講的罷了我有句話問你你既懂得聖人的話爲什麼正犯着這兩件病我雖不在家中你們老爺也不曾告訴我其寔你的毛病我都盡知的做一個人怎麼不望長進你這囬兒正是後生可畏的時

候有閒不足畏全在你自已做去了我如今限你一個月把念過的舊書全要理清再念一個月文章已後我要出題目叫你作文章了如若懈怠我是斷乎不依的自古道成人不自在自在不成人你好生記着我的話寶玉答應了也只得天天挨着功課幹去不提且說寶玉上學之後怡紅院中甚覺清淨閒暇襲人倒可做些活計拿着針線要綉個檳榔包兒想着如今寶玉有了工課丫頭們可也沒有饑荒了早要如此晴雯何至弄到沒有結果兎死狐悲不覺滴下淚來忽又想到自已終身本不是寶玉的正配原是偏房寶玉的為人却還拿得住只怕娶了一個利害的自已便是尤二姐香菱的後身素來看着賈母

王夫人光景及鳳姐兒往往露出話來自然是黛玉無疑了那黛玉就是個多心人想到此際臉紅心熱拿著針不知戳到那裡去了便把活計放下走到黛玉處去探探他的口氣黛玉正在那裡看書見是襲人欠身讓坐襲人也連忙迎上來問姑娘這几天身子可大好了黛玉道那裡能彀不過略硬朗些你在家裡做什麽呢襲人道如今寶二爺上了學房中一點事兒沒有因此來瞧瞧姑娘說說話兒說著紫鵑拿茶來襲人忙站起來道妹妹坐著罷因又笑道我前兒聽見秋紋說妹妹背地裡說我們什麽来著紫鵑也笑道姐姐信他的話我說寶二爺上了學寶姑娘又隔斷了連香菱也不過来自然是悶的襲人道

你還提香菱呢這纔苦呢撞着這位太歲奶奶難爲他怎麼過把手伸著兩個指頭道說起來比他還利害連外頭的臉面都不顧了黛玉接着道他也彀受了尤二姑娘怎麼死了襲人道可不是想來都是一個人不過名分裡頭差些何苦這樣毒外面名聲也不好聽黛玉從不聞襲人背地裡說人今聽此話有因便說道這也難說但凡家庭之事不是東風壓了西風就是西風壓了東風襲人道做了旁邊人心裡先怯了那裡倒敢去欺負人呢說着只見一個婆子在院裡問道這裡是林姑娘的屋子麼那位姐姐在這裡呢雪雁出來一看模模糊糊認得是薛姨媽那邊的人便問道作什麼婆子道我們姑娘打發來給這裡林姑娘送東西的雪雁道略等等兒雪雁進來回了黛玉黛玉便叫領他進來那婆子進來請了安且不說送什麼只是覷着眼瞧黛玉看的黛玉臉上倒不好意思起來因問道寶姑娘叫你來送什麼婆子方笑着回道我們姑娘叫給姑娘送了一瓶兒蜜餞荔支來回頭又瞧見襲人便問道這位姑娘不是寶二爺屋裡的花姑娘麼襲人笑道媽媽怎麼認得我婆子笑道我們只在太太屋裡看屋子不大跟太太姑娘出門所以姑娘們都不大認得姑娘們碰著到我們那邊去我們都糢糊記得說着將一個瓶兒遞給雪雁又回頭看看黛玉因笑着向襲人道怨不得我們太太說這林姑娘和你們寶二爺是一對兒

原來真是天仙似的襲人見他說話造次連忙岔道媽媽你乏了坐坐吃茶罷那婆子笑嘻嘻的道我們那裡忙呢都張羅琴姑娘的事呢姑娘還有兩瓶荔枝叫給寶二爺送去說着顫顫巍巍告辭出去黛玉雖惱這婆子方纔冒撞但因是寶釵使來的也不好怎麼樣他等他出了屋門纔說一聲道給你們姑娘道費心那老婆子還只管嘴裡咕咕噥噥的說這樣好模樣兒除了寶玉什麼人擎受的起黛玉只粧沒聽見襲人笑道怎麼人到了老來就是混說白道的叫人聽著又生氣又好笑一時雪雁拿過瓶子來與黛玉看黛玉道我懶待吃拿了擱起去罷又說了一回話襲人纔去了一時晚粧將卸黛玉進了套間猛抬頭看見了荔枝瓶不禁想起日間老婆子的一番混話甚是刺心當此黃昏人靜千愁萬緒堆上心來想起自已身子不牢年紀又大了看寶玉的光景心裡雖沒別人但是老太太舅母又不見有半點意思深恨父母在時何不早定了這頭婚姻又轉念一想道倘若父母在時別處定了婚姻怎能彀似寶玉這般人材心地不如此時尚有可圖心內一上一下輾轉纏綿竟像轆轤一般嘆了一回氣吊了几點淚無情無緒和衣倒下不知不覺只見小丫頭走來說道外面雨村賈老爺請姑娘黛玉道我雖跟他讀過書却不比男學生要見我作什麼况且他和舅舅往來從未提起我也不便見的因叫小丫頭回覆身上有

病不能出來與我請安道謝就是了小丫頭道只怕要與姑娘道喜南京還有人來接說着又見鳳姐同邢夫人王夫人寶釵等都來笑道我們一來道喜二來送行黛玉慌道你們說什麼話鳳姐道你還粧什麼呆你難道不知道林姑爺陞了湖北的糧道娶了一位繼母十分合心合意如今想着你撂在這裡不成事體因托了賈雨村作媒將你許了你繼母的什麼親戚還說是續弦所以着人到這裡來接你回去大約一到家中就要過去的都是你繼母作主怕的是道兒上沒有照應還叫你璉二哥哥送去說得黛玉一身冷汗黛玉又恍惚父親果在那裡做官的樣子心上急着硬說道沒有的事都是鳳姐姐混鬧只

見邢夫人向王夫人使個眼色兒他還不信呢咱們走罷黛玉含着淚道二位舅母坐坐去衆人不言語都冷笑而去黛玉此時心中乾急又說不出來哽哽咽咽恍惚又是和賈母在一處的是的心中想道此事惟求老太太或還可救於是兩腿跪下去抱着賈母的腰說道老太太救我我南邊是死也不去的況且有了繼母又不是我的親娘我是情愿跟着老太太一塊兒的但見老太太呆着臉兒笑道這個不干我事黛玉哭道老太太這是什麼事呢老太太道續弦也好倒多一副粧奩黛玉哭道我若在老太太跟前决不使這裡分外的閒錢只求老太太救我賈母道不中用了做了女人終是要出嫁的你孩子家不

好亮起來了歇歇兒罷養養神別儘著想長想短的了黛玉道我何嘗不要睡只是睡不著你睡你的罷說了又嗽起來紫鵑見黛玉這般光景心中也自傷感睡不著了聽見黛玉又嗽連忙起來捧著痰盒這時天已亮了黛玉道你不睡了麼紫鵑笑道天都亮了還睡什麼呢黛玉道既這樣你就把痰盒兒換了罷紫鵑答應着忙出來換了一個痰盒兒將手裡的這個盒兒放在桌上開了套間門出來仍舊帶上門放下撒花軟簾出來叫醒雪雁開了屋門去倒那盒子時只見滿盒子痰痰中好些血星唬了紫鵑一跳不覺失聲道噯喲這還了得黛玉裡面接着問是什麼紫鵑自知失言連忙改說道手裡一滑几乎撂了痰盒子黛玉道不是盒子裡的痰有了什麼紫鵑道沒有什麼說着這句話時心中一酸那眼淚直流下來聲兒早已岔了黛玉因爲喉間有些甜腥早自疑惑方纔聽見紫鵑在外邊詫異這會子又聽見紫鵑說話聲音帶着悲慘的光景心中覺了八九分便叫紫鵑進來罷外頭看凉着紫鵑答應了一聲這一聲更比頭裡淒慘竟是鼻中酸楚之音黛玉聽了凉了半截看紫鵑推門進來時尚拿手帕拭眼黛玉道大清早起好好的爲什麼哭紫鵑勉强笑道誰哭來早起起来眼睛裡有些不舒服姑娘今夜大槩比往常醒的時候更大罷我聽見咳嗽了大半夜黛玉道可不是越要睡越睡不着紫鵑道姑娘身上不大好依

我說還得自已開解着些身子是根本俗語說的留得青山在依舊有柴燒况這裡自老太太太太起那個不疼姑娘只這一句話又勾起黛玉的夢來覺得心頭一撞眼中一黑神色俱變紫鵑連忙端着痰盒雪雁捶着脊梁半日纔吐出一口痰來痰中一縷紫血簌簌亂跳紫鵑雪雁臉都唬黃了兩個旁邊守着黛玉便昏昏躺下紫鵑看着不好連忙努嘴叫雪雁叫人去雪雁纔出屋門只見翠縷翠墨兩個人笑嘻嘻的走來翠縷便道林姑娘怎麼這早晚還不出門我們姑娘和三姑娘都在四姑娘屋裡講究四姑娘畫的那張園子景兒呢雪雁連忙擺手兒翠縷翠墨二人倒都嚇了一跳說這是什麼原故雪雁將方纔的事一一告訴他二人二人都吐了吐舌頭兒說這可不是頑

的你們怎麼不告訴老太太去這還了得你們怎麼這麼糊塗雪雁道我這裡纔要去你們就來了正說着只聽紫鵑叫道誰在外頭說話姑娘問呢三個人連忙一齊進來翠縷翠墨見黛玉蓋着被躺在床上見了他二人便說道誰告訴你們了你們這樣大驚小怪的翠墨道我們姑娘和雲姑娘纔都在四姑娘屋裡講究四姑娘畫的那張園子圖兒叫我們來請姑娘來不知姑娘身上又欠安了黛玉道也不是什麼大病不過覺得身子略軟些躺躺兒就起来了你們囘去告訴三姑娘和雲姑娘飯後若無事倒是請他們來這裡坐坐罷寶二爺沒到你們那

紅樓夢第八十三回

省宮闈賈元妃染恙　鬧閨閫薛寶釵吞聲

話說探春湘雲纔要走時忽聽外面一個人嚷道你這不成人的小蹄子你是個什麼東西來這園子裡頭混攪黛玉聽了大叫一聲道這裡住不得了一手指着牕外兩眼反插上去原来黛玉住在大觀園中雖靠着賈母疼愛然在別人身上凡事終是寸步留心聽見窗外老婆子這樣罵着在別人呢一句是貼不上的竟像專罵着自己的自思一個千金小姐只因沒了爹娘不知何人指使這老婆子来這般辱罵那裡委屈得來因此肝腸崩裂哭暈去了紫鵑只是哭叫姑娘怎麼樣了快醒轉来

罷探春也叫了一回半晌黛玉回過這口氣還說不出話來那隻手仍向窗外指着探春會意開門出去看見老婆子手中拿著拐棍赶著一個不乾不凈的毛丫頭道我是爲照管這園中的花菓樹木来到這裡你作什麼來了等我家去打你一個知道這丫頭扭着頭把一個指頭探在嘴裡瞅着老婆子笑探春罵道你們這些人如今越發没了王法了這裡是你罵人的地方兒嗎老婆子見是探春連忙陪着笑臉兒說道剛纔是我的外孫女兒看見我來了他就跟了来我怕他鬧所以纔吆喝他回去那裡敢在這裡駡人呢探春道不用多說了快給我都出去這裡林姑娘身上不大好還不快去麼老婆子答應了幾個

見說着一扭身去了那丫頭也就跑了探春回來看見湘雲拉着黛玉的手只管哭紫鵑一手跑着黛玉一手給黛玉揉胸口黛玉的眼睛方漸漸的轉過來了探春笑道想是聽見老婆子的話你疑了心了麼黛玉只搖搖頭兒探春道他是罵他外孫女兒我纔剛也聽見了這種東西說話再沒有一點道理的他們懂得什麼避諱黛玉聽了點點頭兒拉著探春的手道妹妹叫了一聲又不言語了探春又道你別心煩我來看你是姊妹們應該的你又少人伏侍只要你安心肯吃藥心上把喜歡事兒想想能彀一天一天的硬朗起來大家依舊結社做詩豈不好呢湘雲道可是三姐姐說的那麼着不樂黛玉哽咽道你們

只顧要我喜歡可憐我那裡趕得上這日子只怕不能彀了探春道你這話說的太過了誰沒個病兒災兒的那裡就想到這裡來了你好生歇歇兒罷我們到老太太那邊回來再看你你要什麼東西只管叫紫鵑告訴我黛玉流淚道好妹妹你到老太太那裡只說我請安身上略有點不好不是什麼大病也不用老太太煩心的探春答應道我知道你只管養着罷說着纔同湘雲出去了這裡紫鵑扶着黛玉躺在床上地下諸事自有雪雁照料自己只守着傍邊看着黛玉又是心酸又不敢哭泣那黛玉閉着眼躺了半晌那裡睡得着覺得園裡頭平日只見寂寞如今躺在床上偏聽得風聲虫鳴聲鳥語聲人走的脚步

步聲又像遠遠的孩子們啼哭聲一陣一陣的聒噪的煩躁起來因叫紫鵑放下帳子來雪雁捧了一碗燕窩湯遞與紫鵑紫鵑隔着帳子輕輕問道姑娘喝一口湯罷黛玉微微應了一聲紫鵑復將湯遞給雪雁自己上來攙扶黛玉坐起然後接過湯來擱在脣邊試了一試一手摟著黛玉肩臂一手端著湯送到脣邊黛玉微微睁眼喝了兩三口便搖搖頭兒不喝了紫鵑仍將碗遞給雪雁輕輕扶黛玉睡下靜了一時畧覺安頓只聽窗外悄悄問道紫鵑妹妹在家麽雪雁連忙出來見是襲人因悄悄說道姐姐屋裡坐着襲人也便悄悄問道姑娘怎麽着一面走一面雪雁告訴夜間及方纔之事襲人聽了這話也唬怔了因說道怪道剛纔翠縷到我們那邊說你們姑娘病了唬的寶二爺連忙打發我來看看是怎麼樣正說著只見紫鵑從裡間掀起簾子望外看見襲人點頭兒叫他襲人輕輕走過來問道姑娘睡著了嗎紫鵑點點頭兒問道姐姐纔聽見說了襲人也點點頭兒蹙著眉道終久怎麽樣好呢那一位昨夜也把我唬了個半死兒紫鵑忙問怎麽了襲人道昨日晚上睡覺還是好好兒的誰知半夜裡一疊連聲的嚷起心疼來嘴裡胡說白道只說好像刀子割了去的是的直鬧到打亮梆子以後纔好些了你說唬人不唬人今日不能上學還要請大夫來吃藥呢正說著只聽黛玉在帳子裡又咳嗽起來紫鵑連忙過來捧痰盒

見接痰黛玉微微睜眼問道你合誰說話呢紫鵑道襲人姐姐來瞧姑娘來了說着襲人已走到床前黛玉命紫鵑扶起一手指着床邊讓襲人坐下襲人側身坐了連忙陪着笑勸道姑娘倒還是躺着罷黛玉道不妨你們快別這樣大驚小怪的剛纔是說誰半夜裡心疼起來襲人道是寶二爺偶然魘住了不是認真怎麼樣黛玉會意知道是襲人怕自己又懸心的原故又感激又傷心因趁勢問道既是魘住了不聽見他還說什麼襲人道也沒說什麼黛玉點點頭兒遲了半日歎了一聲纔說道你們別告訴寶二爺說我不好看耽擱了他的工夫又叫老爺生氣襲人答應了又勸道姑娘還是躺躺歇歇罷黛玉點頭命紫鵑扶着歪下襲人不免坐在旁邊又寬慰了幾句然後告辭

回到怡紅院只說黛玉身上略覺不受用也沒什麼大病寶玉纔放了心且說探春湘雲出了瀟湘館一路往賈母這邊来探春因囑咐湘雲道妹妹回来見了老太太别像剛纔那樣冒冒失失的了湘雲點頭笑道知道了我頭裡是叫他唬的忘了神了說着已到賈母那邊探春因提起黛玉的病來賈母聽了自是心煩因說道偏是這兩個玉兒多病多災的林丫頭一來二去的大了他這個身子也要緊我看那孩子太是個心細衆人也不敢答言賈母便向鴛鴦道你告訴他們明兒大夫來瞧了寶玉就叫他到林姑娘那屋裡去鴛鴦答應着出來告訴了婆

筆先寫道

六脉弦遲素由積鬱左寸無力心氣已衰關脉獨洪肝邪偏旺木氣不能疏達勢必上侵脾土飲食無味甚至勝所不勝肺金定受其殃氣不流精凝而爲痰血隨氣湧自然咳吐理宜疏肝保肺涵養心脾雖有補劑未可驟施姑擬黑逍遥以開其先後用歸肺固金以繼其後不揣固陋俟高明裁服

又將七味藥與引子寫了賈璉拿來看時問道血勢上冲柴胡使得麽王大夫笑道二爺但知柴胡是升提之品爲吐衂所忌豈知用鼈血拌炒非柴胡不足宣少陽甲胆之氣以鼈血製之使其不致升提且能培養肝陰制遏邪火所以内經説通因通

用塞因塞用柴胡用鼈血拌炒正是假周勃以安劉的法子賈璉點頭道原來是這麽着這就是了王大夫又道先請服兩劑再加減或再換方子罷我還有一點小事不能久坐容日再來請安説着賈璉送了出來説道舍弟的藥就是那麽著了王大夫道寶二爺倒没什麽大病大約再吃一劑就好了説著上車而去這裡賈璉一面叫人抓藥一面回到房中告訴鳯姐黛玉的病原與大夫用的藥述了一遍只見周瑞家的走來回了幾件没要緊的事賈璉聽到一半便説道你回二奶奶罷我還有事呢説着就走了周瑞家的回完了這件事又説道我方纔到林姑娘那邊看他那個病竟是不好呢臉上一點血色也没有

摸了摸身上只剩得一把骨頭問問他也沒有話說只是淌眼淚回來紫鵑告訴我說姑娘現在病著要什麼自已又不肯要我打筭要問二奶奶那裡支用一兩個月的月錢如今吃藥雖是公中的零用也得幾個錢我答應了他替他來回奶奶鳳姐低了半日頭說道竟這麼着罷我送他幾兩銀子使罷也不用告訴林姑娘這月錢却是不好支的一個人開了例要是都支起來那如何使得呢你不記得趙姨媽和三姑娘拌嘴了也無非為的是月錢况且近來你也知道出去的多進來的少總繞不過灣兒來不知道的還說我打筭的不好更有那一種嚼舌根的說我搬運到娘家去了周嫂子你倒是那裡經手的人這

個自然還知道些周瑞家的道真正委屈死人這樣大門頭兒除了奶奶這樣心計兒當家罷了別說是女人當不來就是三頭六臂的男人還撑不住呢還說這些個混賬話說着又笑了一聲道奶奶還沒聽見呢外頭的人還更糊塗呢前兒周瑞回家來說起外頭的人打諒着偺們府裡不知怎麼樣有錢呢也有說賈府裡的銀庫幾間金庫幾間使的傢伙都是金子鑲了玉石嵌了的也有說姑娘做了王妃自然皇上家的東西分的了一半子給娘家前兒貴妃娘娘省親回來我們還親見他帶了幾車金銀回來所以家裡收拾擺設的水晶宮是的那日在廟裡還愿花了幾萬銀子只筭得牛身上拔了一根毛罷咧有

個伶透人自然明白我的話我得了空兒就去瞧姑娘去周瑞家的接了銀子答應著自去不提且說賈璉走到外面只見一個小廝迎上來回道大老爺叫二爺說話呢賈璉急忙過來見了賈赦賈赦道方纔風聞宮裡頭傳了一個太醫院御醫兩個吏目去看病想來不是宮女兒下人了這幾天娘娘宮裡有什麼信兒沒有賈璉道沒有賈赦道你去問問二老爺和你珍大哥不然還該叫人去到太醫院裡打聽打聽纔是賈璉答應了一面吩咐人往太醫院去一面連忙去見賈政賈珍賈政聽了這話因問道是那裡來的風聲賈璉道是大老爺纔說的賈政道你索性和你珍大哥到裡頭打聽打聽賈璉道我已經打發

人往太醫院打聽去了一面說着一面退出來去找賈珍只見賈珍迎面來了賈璉忙告訴賈珍賈珍道我正為也聽見這話來回大老爺二老爺去的于是兩個人同着來見賈政賈政道如係元妃少不得終有信的說着賈赦也過來了到了晌午打聽的尚未回來門上人進來回說有兩個內相在外要見二位老爺呢賈赦道請進來門上的人領了老公進來賈赦賈政迎至二門外先請了娘娘的安一面同着進來走至廳上讓了坐老公道前日這裡貴妃娘娘有些欠安昨日奉過旨意宣召親丁四人進裡頭探問許各帶了頭一人餘皆不用親丁男人只許在宮門外遞個職名請安聽信不得擅入準于明日辰巳時

到一座宮裡已擺得齊整各按坐次坐了不必細述一時吃完了飯賈母帶着他婆媳三人謝過宴又耽擱了一回看看已近酉初不敢羈留俱各辭了出來元妃命宮女兒引道送至內宮門門外仍是四個小太監送出賈母等依舊坐着轎子出來賈赦接着大夥兒一齊回去到家又要安排明後日進宮仍令照應齊集不題且說薛家夏金桂赶了薛蟠出去日間拌嘴沒有對頭秋菱又住在寶釵那邊去了只剩得寶蟾一人同住既給與薛蟠作妾寶蟾的意氣又不比從前了金桂看去更是一個對頭自己也後悔不來一日吃了幾杯悶酒躺在炕上便要借那寶蟾做個醒酒湯兒因問著寶蟾道大爺前日出門到底是

到那裡去你自然是知道的了寶蟾道我那裡知道他在奶奶跟前還不說誰知道他那些事金桂冷笑道如今還有什麼奶奶太太的都是你們的世界了別人是惹不得的有人護庇著我也不敢去虎頭上捉虱子你還是我的丫頭問你一句話你就和我摔臉子說塞話你既這麼有勢力為什麼不把我勒死了你和秋菱不拘誰做了奶奶那不清淨了麼偏我又不死碍著你們的道兒寶蟾聽了這話那裡受得住便眼睛直直的瞅著金桂道奶奶這些閒話只好說給別人聽去我並沒合奶奶說什麼奶奶不敢惹人家何苦來拿著我們小軟兒出氣呢正經的奶奶又粧聽不見沒事人一大堆了說着便哭天哭地起

来金桂越發性起便爬下炕來要打寳蟾寳蟾也是夏家的風氣半點兒不讓金桂將桌椅杯盞盡行打翻那寳蟾只管喊寃叫屈那裡理會他半點兒豈知薛姨媽在寳釵房中聽見如此吵嚷叫香菱你去瞧瞧且勸勸他寳釵道使不得媽媽別叫他去他去了豈能勸他那更是火上澆了油了薛姨媽道既這麽樣我自已過去寳釵道依我說媽媽也不用去由着他們鬧去罷這也是没法兒的事了薛姨媽道這那裡還了得說着自已扶了丫頭往金桂這邊來寳釵只得也跟着過去又囑咐香菱道你在這裡罷母女同至金桂房門口聽見裡頭正還嚷哭不止薛姨媽道你們是怎麽着又這樣家翻宅亂起來這還像個

人家兒嗎矮墻淺屋的難道都不怕親戚們聽見笑話了麽金桂屋裡接聲道我倒怕人笑話呢只是這裡掃箒顛倒豎也没有主子也没有奴才也没有妻没有妾是個混賬世界了我們夏家門子裡没見過這樣規矩實在受不得你們家這樣委屈了寳釵道大嫂子媽媽因聽見鬧得慌纔過來的就是問的急了些没有分清奶奶寳蟾兩字也没有什麽如今且先把事情說開大家和和氣氣的過日子也省的媽媽天天爲偺們操心那薛姨媽道是啊先把事情說開了你再問我的不是還不遲呢金桂道好姑娘好姑娘你是個大賢大德的你日後必定有個好人家好女婿决不像我這樣守活寡舉眼無親叫人家騎

上頭來欺負的我是個沒心眼兒的人只求姑娘我說話別徃死裡挑撿我從小兒到如今沒有爹娘教導再者我們屋裡老婆漢子大女人小女人的事姑娘也管不得寶釵聽了這話又是羞又是氣見他母親這樣光景又是疼不過因忍了氣說道大嫂子我勸你少說句兒罷誰挑撿你又是誰欺負你不要說是嫂子就是秋菱我也從來沒有加他一點聲氣兒的金桂聽了這幾句話更加拍着炕簷大哭起來說我那裡比得秋菱連他脚底下的泥我還跟不上呢他是來久了的知道姑娘的心事又會獻勤兒我是新來的又不會獻勤兒如何拿我比他何苦來天下有幾個都是貴妃的命行點好兒罷別修的像我嫁

個糊塗行子守活寡那就是活活兒的現了眼了薛姨媽聽到那裡萬分氣不過便站起身來道不是我護著自已的女孩兒他句句勸你你却句句慪他你有什麼過不去不要尋他勸死我倒也是希鬆的寶釵忙勸道媽媽你老人家不用動氣咱們既來勸他自已生氣倒多了層氣不如且出去等嫂子歇歇兒再說因吩咐寶蟾道你可別再多嘴了跟了薛姨媽出得房來走過院子裡只見賈母身邊的丫頭同着秋菱迎面走來薛姨媽道你從那裡來老太太身上可安那丫頭道老太太身上好叫來請姨太太安還謝謝前兒的荔枝還給琴姑娘道喜寶釵道你多早晚來的那丫頭道來了好一會子了薛姨媽料他知

道紅着臉說道這如今我們家裡鬧得也不像個過日子的人家了叫你們那邊聽見笑話了頭道姨太太說那裡的話誰家沒個碟大碗小磕着碰着的呢那是姨太太多心罷咧說着跟了回到薛姨媽房中畧坐了一回就去了寶釵正囑咐香菱些話只聽薛姨媽忽然叫道左脇疼痛的狠說着便向炕上躺下唬得寶釵香菱二人手足無措要知後事如何下回分解

紅樓夢第八十三回終